그래서 난 가끔 별을 본다

그래서 난 가끔 별을 본다

초판 1쇄 인쇄 2013년 02월 28일
초판 1쇄 발행 2013년 03월 08일

지은이 이 란 우
펴낸이 손 형 국
펴낸곳 (주)북랩
출판등록 2004. 12. 1(제2012-000051호)
주소 153-786 서울시 금천구 가산디지털 1로 168,
우림라이온스밸리 B동 B113, 114호
홈페이지 www.book.co.kr
전화번호 (02)2026-5777
팩스 (02)2026-5747

ISBN 978-89-98666-22-4 03810

그래서 난 가끔 별을 본다

이란우 시집

book Lab

시작노트

난 알고 있다. 내가 시보다 약하다는 걸. 그래서 다시 시에게 기댈 수밖에 없다. 시에게 용서를 빌고 고백한다.

청춘을 시라고 말한 적이 있다. 그때는 시가 주먹질로 다가왔다. 아픈 청춘이었다. 밤마다 상처에 시를 처발랐다. 상처가 아물면 시도 아물었다. 딱지를 밀어올리고 돋은 새살에서는 독한 알코올 냄새가 났다.

슬퍼 보이려고 했다. 슬픈 척이래도 해야 했다. 그러다가 정말 슬퍼지고 말았다. 그렇게 슬픈 청춘이 지나갔다. 나이 오십이 넘은 지금도 시를 꺼내면 아픈 청춘의 뒷모습이 보인다. 골방에 처박혀 시를 쓰고 지우던 지독한 밤들은 기억도 까맣다.

30여 년 동안 시와 동무하고 살았다. 이제 알몸으로 다가
가 그들과 팔짱을 끼고 싶다. 첫 번째 벗는 옷이다. 급하
게 벗다보니 보푸라기가 달라붙고 희아리도 많다. 최근 작
품들이 대부분이지만 인연이 질긴 작품도 더러 있다. 그
친구들과 술 한 잔 해야겠다.

2013년 3월
노량진에서
이 란 우

차 례

다리가 보이는 풍경

다리가 보이는 풍경은
언제고
떠난 자들의 기억으로 남아 있다

그래서
기억 속의 다리는
늘 흘러가 버린 강물을 건넌다

추억 속에선
세월도
강물처럼 넘친다

그래서
다리가 보이는 풍경은
늘 추억에 잠겨 있다

하얀 신호등

개나리 울타리
노란 햇살이 주춤대는
그 사이
벌써 봄은 하얀 신호등을 준비했나 보다

길 건너
담장 너머
탱자나무 울타리 맞은편
사랑했던 기억 저편에서
목련이 핀다

서지 말고
가지 말고
돌아서지도 말고
그냥 그리워만 하라고
목련이 저렇게 하얀 신호등을 켜고 있다

떠나가는 가을

저 단풍 지고나면
남고사 종소리 홀로 붉어서
부끄럽게 흘러내릴지도 몰라

사바에 정 하나
첨벙첨벙 다가와
스님 동안거를 깨우면 어쩌지

시린 풍경 속에 풍덩 빠진
산사의 마당
맑게 씻긴 새소리는
쓸어낸 사념인가

낙엽 따라 떠나고
바람 따라 떠나고
세월도 홀홀 떠나는 11월
철없이 그대도 떠나간다면
나 정말 울어버릴지도 몰라

*남고사 전주시 동서학동 남고산 기슭에 있는 절

그래서 난 가끔 별을 본다

별도 밤이면 눈물을 흘린다
그래서 나는 가끔 별을 본다

슬프지 않고 별이 된 전설은 없다
멀어져간 것들은 다 그립고 슬픈 법

그래서
별을 보면 속절없이 그냥 눈물이 나는 것이다

외롭겠지만
그립겠지만
함께 울어선 사랑이 더 쓸쓸해질까 봐
혼자 조용히 우는 것이다

별이 하늘에서 지지 않고 가슴에서 지는 것도
이별이 어둠보다 더 차갑기 때문
새벽민으로는
남은 사랑이 아직 어둡다

그러나 별은 눈물만으로도 사랑을 반짝이게 한다
그래서 나는 가끔 별을 본다

하루

이런 날이 얼마나 오래일지 모른다
잠옷차림으로 베란다에 나가
"안녕?"이라는 인사를 건네며
마른 화분에 물을 줄 수 있는
이런 아침이 얼마나 오래일지 모른다

하루라는 시간이 얼마나 긴 아픔이고 기다림인지

이런 날이 얼마나 오래일지 모른다
살면서 만났거나 지금 만나는 사람에게
"바빴어요?"라고 안부를 물으며
좋은 햇볕을 골라 앉아 커피를 마시는
이런 오후가 얼마나 오래일지 모른다

하루라는 시간이 얼마나 긴 아픔이고 기다림인지

이런 날이 얼마나 오래일지 모른다
한 때 사랑했거나 지금 사랑하는 사람에게
"잘 자!"라는 문자와 함께
별 하나의 이모티콘을 전송할 수 있는
이런 밤이 얼마나 오래일지 모른다

땅따먹기

내가 세상에서 처음 차지해본 땅
초등학교 운동장 귀퉁이
낙엽송 그늘이 우우 몰려드는
흙먼지가 무성했던
번지 모를 땅

막대기로 죽 그은 선이
등기권을 대신하던
전망 좋고 놀기 좋은 땅

고무신바닥으로 쓱 지웠다가도
병뚜껑을 다시 튕기면
풍선껌처럼 부풀어 오르던 땅

수업종이 울릴 때까지
늘었다 줄었다
발전성보다는 신축성이 더 좋았던 땅

토지이용계획도 모르고
공시지가도 모르던 땅

아이스케키 한 입과도 맞바꿔먹던
결코 아깝지 않던 땅

나는 그만 시를 쓰고 말았습니다

걷다가 생각난 거야
그래서 전화했어

가을이 쫑알쫑알 말 걸어왔습니다
낙엽이 또 지는 모양이지요

어디쯤이냐고 물었습니다
그가 상수리나무를 마구 흔들어댑니다
그러자 작별이 우수수 떨어집니다

에둘러 말하는 것이
미련인가 봅니다

길 없는 곳까지
말은 간다고
그래서 전화를 했다고
그냥 받아 적어랍니다

그렇게 받아쓰다가
나는 그만 시를 쓰고 말았습니다

라이터를 켜요

밤새 라이터를 긁어대요
엄지가 환해져요

자꾸 어둠을 문질러대요
손에서 꽃이 펴요

꽃이 말을 하지요
혼자 시를 켜지요

시가 환하게 웃어요
밤이 말없이 돌아눕지요

취한 술이
어떻게 뜨겁단 말을 하겠어요

라이터가 꺼진 밤에는
꽃이 더 환해요

그래도 섬은 이륙을 꿈꾼다

쌀밥 보리밥 놀이하듯
현금인출기랑 카드 돌려막기 게임을 하고 나서
염치가 저 혼자 부풀 때까지 술을 마셨다

이제 신용불량까지는 추락하지 않겠다고 안심하면서
반쪽짜리 천안함을 향해 뿌리를 내렸을 밧줄을 떠올렸다
벌건 대낮에 술을 마셔보기는 오랜만이다

깊고 어두울수록 차가운 바다
어디에선가 CC카메라는 내 붉어지는 표정을 지켜봤을 것이고
잡았던 끈을 놓으면 부상한다는 것도 알았을 것이다

물속에서 보면 더 많이 휘어져 보이는 세상 어디에도
마그네트카드처럼 불완전한 눈물은 고이지 않는다

하루만 늦어도 연체이자가 전화를 거는 마이너스 계좌에는
어린 새처럼 짹짹거리는 독촉음만 살고 있을 뿐이다

바다와 바다 사이에서는 더 이상 자랄 수 없는 육지가 섬이 된다
바다 입장에서 보면 이 지구상에 섬 아닌 곳이 어디 있으랴

새떼들을 향해 76미리 함포를 쏘았다는 어두운 바다 위에서
되도록 높이 날고 싶었던 건 가창오리뿐만이 아니다

섬은 이륙을 꿈꾼다
전갈을 피해 도망친 오리온이 별자리가 된 전설을 섬은 알고 있다

달빛이 바다를 가득 메울 때마다
섬은 바다가 후끈 달아오르리라고 믿었다

그러면 우주선처럼 보글거리며 지구 밖으로 솟아오르리라고 생각했다
그러나 바닷물의 비등점은 오르지 않았고
과학적으로도 바다는 아직 끓지 않았다

그래도 섬은 이륙을 꿈꾼다
섬도 언젠가는 별이 되는 꿈을 꾼다

얼마만큼 높이 날아올라야 지구도 하나의 별이라는 걸 확인할 수 있을까
그 나이되도록 카드 한 장 없냐는 핀잔에
서명을 서두른 신용카드는 전설이 되지 못하고 현실이 되었다

섬은 이륙을 꿈꾼다
아톰처럼 푸우 하고 솟아올라 두 팔을 지구 밖으로 쭉 뻗어보고 싶다
막다른 골목에선 쫓기는 자 혼자만으로 풍경이 절박해지지 않는다
추락하는 자들이 있어서 남은 자들의 삶이 더 간절하다

섬은 오늘도 간절히 이륙을 꿈꾼다
지구가 섬이 되는 저 광활한 우주
무한대의 출금이 가능한 무중력의 현금인출기에서
지폐는 별보다 더 반짝일 수 있을까
비밀번호를 애써 기억하지 않아도 본전을 지켜주는 주식계좌가 과연 있을까

누군가 수건을 던져야 게임이 끝나는 링 위에서
불끈 쥔 두 주먹은 소문보다도 약한 확신에 불과하다
승부는 인간이 만든 가장 위험한 유산

이 깊은 바다에서 뿌리를 자르고 비상하는 것만큼 확실한 추락도 없다
어차피 지구는 추락하기 좋을 만큼 기울어져 있지 않은가

바코드가 지워진 라면봉지처럼 휘어이 휘어이 아스팔트 위를 뒹굴다가는
어느 차에 밟혀 미끄덩 실종자가 될지도 모른다
섬은 어서 날아올라야 한다

월급봉투가 사라지고 신용카드가 외상을 대신하는 이 바다를
누르면 금방 물컹해지는 물갈퀴로는 더 이상 헤엄쳐갈 수 없다
육지에서 멀어질수록 오히려 더 잘 뚫린다는 휴대통신도
침몰시각을 정확히 찾지 못하는 이 땅의 전파로는
더 이상 어디에도 구조신호를 보낼 수 없다

마트에선 문 닫기 전에 시든 하루를 세일하지만
연체카드는 하루를 넘기면 더 튼튼한 이자로 무장한다

새떼는 76미리 함포에도 깃털 하나 빠뜨리지 않고 날아올랐다

죽어서 새가 되는 꿈을 꾸는 것보다
지금은 새의 꿈을 빌리는 것이 더 높이 날 수 있을지도 모른다
꿈꾸는 자의 최대 자유는 합성이다

섬은 어서 날개를 펴야 한다
마이너스 통장에서는 선입선출이 아니라 선출선납이 아포리즘이다
거래정지 앞에서 지구의 중력은 아무 도움도 되지 않는다

침몰이나 비상은 계급 순이 아니다
육지에서 떨어져 나온 것처럼 바다에서도 어서 떨어져 나와야 한다

그래서 섬은 이륙을 꿈꾼다
전화가 닿지 않고 우편물이 도착하지 않는
번지도 없고 문패도 없는 별
그 별에 가기 위해

섬은 오늘도 이륙을 꿈꾼다
그 게 섬이 돌려막을 수 있는 마지막 카드다

골고다의 촛불

하얀 눈이 내리면
숲은 뽀드득 울었습니다
등 시린 나무들
손 모아 올리는 기도
일제히 뜨거워지면
골고다 십자가의 길
희고 눈부셔
그만 숲은 울고 말았습니다

걸음이 죽어서
길을 만들고
기도가 죽어서
더욱 숭고해지는
순교의 무게를
숲은 알고 있었습니다

숲은 겨우내 길을 내고 있었습니다
승암산이 안개로 차오르는 날이면
멀리 전동성당까지 달려가
맑은 미사를 퍼올리곤 했습니다
나무들이
푸른 순례의 역사를 쓰고 있었던 것입니다

지금도 골고다의 촛불을 켜면
수많은 손이 상록수처럼 다가와
바람을 막아줍니다
호호
동정녀 루갈다의 입김에
산 아래 마을은 한 겨울에도 춥지 않습니다

* **승암산** 전주시 서쪽 천주교 성지가 있는 산

자동응답

외출중이라고?
마찬가지야
잠 안 오는 밤에 눈이 내리든
눈 내리는 밤에 잠이 오지 않든

삐-하는 신호음이 울린 뒤
무슨 말을 해야 할지 모르겠어
말馬 탄 말들을
일렬로 세울 수가 없어

이제야 알겠네
말의 속도를
너와 나의 거리를

우물정자나 별표
그게 너의 빈자리야?

모르겠네
내 기억도 외출중이야

컵밥

국어사전에는 없는 컵밥
노량진에는 있다
기차 타고 올라온 장맛은 없어도
끼니 거르지 말라는 어머니의
식지 않은 당부가 있다

사내는 뱃심으로 사는 거라고
특강 나온 강사가 힘주어 말할 때
처음 출제되는 문제의 힌트만큼이나
따끈따끈한 학생들의 허기
어디에다 밑줄을 긋지

합격간판이 즐비한 골목
정답을 고르듯 메뉴를 고르고 나면
지나가는 소음까지 꾹꾹 비벼 담는
플라스틱 수저 위로
허겁지겁 지고 마는 점심시간

노량진 고시골목에는
허리 굽은 시장기가 엎질러져 있다
새참을 이고 가는 어머니의 꼬불꼬불한 밭둑길
언제 출제될지 모르는 사지선다형의 예상문제들이
강의시간표처럼 고단하게 구겨져 있다

목련이 필 때

어느 여인의
수줍은 말문인가

쉬잇!
다가가
입 가려주고 싶다

사리불도 알지 못했던
마하가섭의 미소

생의
반의반도 안 되는
눈부신 이 순간

지금은
아무 말도
하지 말라고

쉬잇!
다가가
입 가려주고 싶다

휴대폰은 오해를 전송한다

새로 산 휴대폰 사용설명서를 읽다가 늦게 잠이 들었다

오래된 잡지에서 보았던 해몽 때문에 꿈이 뒤척이는 밤
미로를 헤매다가 아득히 신호음이 끊기면
구구단 같은 난수표를 직직 긁어도 보고
이젠 서울 하늘에서 볼 수 없다는 별을 꾹꾹 눌러도 보지만
저장되지 않은 번호는 기억에도 없다

자고 나면 두꺼워지는 설명서 어디에도
그대에게 가는 길은 보이지 않는다
숫자 0은 아직도 우물정자와 별표 사이에 머물러 있고
해상도를 높였다는 카메라로도 여전히 빛바랜 기억을 찍을 수 없다

우주에서 미아가 된 언어들이 애타게 찾고 있는
인공위성은 과학적 근거를 들이대며 해몽을 거부하고
지구상에서 못다 한 말들이 매달려 있는
철탑은 한 계설씩 옮겨기는 별자리를 따라 또 고개를 튼다

토씨 하나에도 주어가 바뀌는 문자메시지로
어떻게 우리가 살고 있는 이 별의 무게를 다 전송할 수 있을까
시비가 넘쳐나는 우주에서 풀려나간 인사는 돌아오지 않는 안부

한 번 전송된 메시지는 취소가 불가능하고 사방팔방
풍경 안에 쭈그리고 앉아있는 피사체들은
언제 끌려나갈지 모르는 증인이다

배터리가 살아있는 한 앙앙거리며 대들던가
아니면 깊은 호주머니 속에서 벌벌 떨어야한다
개목걸이처럼 누구나 확실한 위치를 달고 사는
21세기는 전송해야 할 대상이 아니므로
휴대폰은 앞으로도 더 많이 진화할 것이다

오스트랄로피테쿠스가 호모사피엔스로 진화하는데
무려 500만년이 걸렸다
보이는 것보다 보여주기 위한 것들이 더 많은 이 세상
띄어쓰기가 발각되지 않고 눈물이 죄인 되지 않은 지금
휴대폰은 단지 오해를 전송하고 있을 뿐이다

발명은 늘 간편한 쪽을 향해 달려왔지만
세상은 더 복잡해졌다
대답하지 않은 이유까지 의문이 되는 의문 때문에
이유를 만들어야 할 이유가 생기면서
뉴스는 이제 대변인의 언어를 날로 먹지 않는다

바다는 아무 말도 하지 않는데
침몰이 이유를 단다

잠자는 언어들이 과연 씩씩해질 수 있을까
휴대폰이 다시 침묵을 전송하는 밤
편리와 맞바꾼 용건들이 리모컨으로 작동되는
침대 위에서 더 이상 간편해질 수 없는 내일이
약속도 없는 기상시각에 알람을 맞추고
잠이 든다

파리만도 못한 목숨

그해 여름 파리 한 마리를 방안에 가두고 살았다
미처 방충망을 빠져나가지 못한 담배연기와 같이
눈물범벅이 된 빨래들이 구겨진 소매를 걷는 동안
답답한 벽은 습기 찬 아랫도리를 걷어올리곤 했다

선풍기는 어디 쪽으로 머리를 틀지
용케 돌아서 장풍을 다듬는 파리
언젠가 그 손으로 젖은 빨래도 쥐어짤 수 있을까
목을 비틀어도
빨래는 살아남을 수 있을까

젖어있어야만 생명이 유지되는 허물
그동안 스쳤던 인연들을 문지르고 헹구고
툴툴 털어냈어도 무겁게 달라붙는 피곤
그와 함께 다녀온 걸음을
파리는 저물도록 핥고 있었다

흰옷을 입은 햇살들이 떠나고
다시 천사의 발자국을 훔치는 파리
교수대에 내걸린 빨래의 눈물에
제발의 무게를 담고서
연신 비벼대는 손이 참회처럼 간절했다

그의 시선을 알 수 없었으므로
앞질러 빈 손뼉을 치곤했을 뿐
나는 한 번도 그의 길을 막지는 못했다
어디도 그는 사랑했다
특히 내 아물지 않은 흔적을
정강이가 반대 방향으로 굽어버린 빨래랑
귀찮다고 버린 삶의 액세서리들이 만들어놓은 상처를
그는 깊숙이 사랑했다

나는 잠결에 방충망보다 튼튼한 옥에 갇히곤 했다
뚝뚝 몰방울 떨어지는 소리의 간격이 길어지면
남은 잠만큼이나 생이 답답하고 불안해
창문을 연다며 실수로 방충망을 열곤 했지만
그의 날개는 여전히 참선 중이었다

골목

나는 지금
다시 널 만날 수 있을까 생각해보지

너를 항상 기다렸던 그곳에 서서
수없이 너를 보냈던 그 골목을 바라보며

내게 처음 알려준 작은 간판들의 이름과
이미 낡아버린 청춘 그 낡은 주소를 들고

돌아섰던 그 자리에 서서
널 다시 만날 수 있을까 생각해보지

골목은 비워지지 않는 이별
그 이별이 쓰러진다 해도

돌아오지 않는
오래된 바람이여, 행인이여

가고 오는 시간이 만나
허옇게 부딪히는 그 자리에 서서

나는 지금
그런 날이 다시 올 수 있을까 생각해보지

널 다시 만날 수 있을까 생각해보지

아버지의 유산

아버지가 물려주신

닷 되지기 마당에

삼백 섬도 넘는 눈이 소복이 쌓였다

가을이 떠나는 날

가을이 떠나는 날
난 가야할 길을 몰라
지친 하늘만 보고 있었네
숨어 날던 새들은 어디로 갈까
낙엽처럼 떨어지는 노래
뒤에 오는 계절이라서
쓸쓸해지는 이유가 되지
너의 이름만 부르다가
단풍처럼 붉다가
나 이제 돌아가야 해
계절처럼 떠나야 해

가을을 보내는 날
난 떠나야할 때를 몰라
누운 바다만 보고 있었네
굽어 불던 바람은 어디로 갈까
물살처럼 뒤척이는 노래
혼자 걷는 길음이리서
슬퍼지는 이유가 되지
너의 기억만 더듬다가
파도처럼 퍼렇다가
나 이제 돌아가야 해
물결처럼 흘러가야 해

비 오는 날의 자화상

비 내리는 밤에
혼자 술을 마신다
모델을 구하지 못해 제 얼굴만 그렸다는
고흐처럼
귀가 퉁퉁 부어올라
달팽이관으로
어느 혈관을 스멀거리는
비린내가 빗소리보다 더 두터운 밤이다

이제 어둠이 아파한들
물감 같은 피는 흐르지 않아
굳이 외로움을 덧칠할 필요도 없다
취한 표정을 건져 올리기 위해
어서 잔을 비워야지
그러다 쓸쓸함과 함께 길이 증발해버리면
다시 술을 따르고
가야할 길을 물으면 된다

비가 내리지 않았다 해도
어차피 그것이 취하지 않을 이유는 아니다
그대, 혹은 풍경
누군가 그리워하는 곳에는
몹시 애닯은 기억들이 매달려있을 뿐이다

답장 대신 술을 마신다
술병 밖의 길은 엎질러져 있다
취하지 않고는 걸을 수 없는 길이
너에게로 간다
나는 흐르는 시내에 얼굴을 파묻고 우는
슬픈 촉끝
좁은 대롱으로 잉크를 빨아올린 만년필처럼
혈관 가득 흰 피를 머금고
빗물 위에 낙서를 한다
알 수 없다고 쓴다

홰

닭장처럼 창을 쌓아올린 아파트
1층 현관 앞에서
배달용 스쿠터 한 대가
꼬꼬꼬꼬 꼬꼬꼬꼬
바튼 숨을 고르고 있다

얼마나 숨차게 달려왔을까
몸이 달아오른 통닭은
식기 전에
엘리베이터를 타고 올라
지금 어느 집 초인종을 누르고 있겠지

날갯짓보다 빨리 달리기 위해
깃털까지 뽑아버리고
알몸의 저녁이 되는
그 빠른 속도로
무슨 달빛을 가려보겠다고

접었다가 펴는 안간힘으로
파다닥 파다닥
새처럼 날아보겠다던
그 어중간한 꿈들을 지우는지

이른 저녁
스쿠터 한 대가
털털털털 털털털털
돌아갈 길을 연신 털어내고 있다

목련꽃 피는 마을

어둑히 저무는 마을에
하얀 꽃등이 걸리면

길은 걸어서 집으로 가고
길손은 돌아서 취하러 간다

풍경의 만의 만분의 일도 안 되는
생의 반의반 토막도 안 되는
저 작은 목숨 거두러

길손은 또 술 퍼마시러 간다

겨울이 전하는 말

옥상에 쌓인 눈을 치우다가
미끄덩
빈 라면봉지의 헛발질에 걸려
난간 밖으로 떨어질 뻔했지
헛심이란 게 때로는 이렇게 위태로워

빗자루는 어디에 뒀지
어두컴컴한 창고를 뒤적이다가
우지끈
선풍기 모가지 끊어지는 소리
여름도 때로는 이렇게 오싹하게 밟히는 법

며칠째 세워둔 차를 몰고
새해 첫날 일출 보러 가는데
톨게이트에서 내려가지 않는 유리창
꽁꽁 얼어붙은 풍경이
때로는 가던 길을 잡기노 하지

살다보면 이런 일도 있다고
겨울은 그 한마디 전하려고
미끄러지기만 하는 내 허방을 다녀가나 봐

봄 처녀

노오란 처녀가
개나리 울타리 길을 걸어간다
짧은 치마
팽팽한 스타킹이 발그레 벙글었다
또옥 똑
구두 소리
햇살만큼 흥건하다

노오란 꽃잎들이
가벼운 음표처럼
살랑대는
개나리 합창길에
임이라서 고운 걸까
보시시
부끄럼도 눈부시다

연말에 대한 보고서

점심을 먹으러 홍합 듬뿍 쌓아올린 짬뽕집을 찾아가다가
신장개업한 순대집 앞에서 입맛을 바꾸자는 이 대리의 말이
시동 걸린 1톤 트럭 백미러 위에 쌓인 눈처럼 위태롭고
컴퓨터를 켜 놓고 나왔다는 미스 김의 안달걸음으로
장군도사네 집을 돌아 청룡반점까지 가는 길은 언제고 시장하다
제 새끼들이 처음부터 날 수 있었다면
괭이갈매기는 굳이 깎아지른 바위 위에 집을 짓지 않았을 것이다

아내가 보내준 남방셔츠와 조끼를 입고
찰칵
연말인사와 관계없이 넘치게 웃는다
큰딸에게도 한 컷 보낼까
아내가 점심메뉴를 고르다 말고 보시시 웃겠지

잘못 주차된 차 한 대가 말썽이다
사내들의 웅성임
주문해버린 메뉴를 후회할 틈도 없이
아직 식지 않은 엔진은 얼굴이 화끈거리고
어디엔가 전화번호가 있겠지
칙칙칙
보닛 위에서 서둘러 녹아내리는 눈

차 주인은 지금 남은 몇 가닥의 면을 찾아
식어가는 짬뽕국물을 휘젓고 있는지

일기예보에도 없는 쓸쓸한 날씨는
한 번도 하강한 적이 없는
장군도사네 깃발에 걸려 찢어질 듯 나부낀다
세상에 확실한 것은 어디에도 없다고
속이 빈 홍합껍데기를 세고 있는 이 대리는 분명
카드공제 한도가 줄어든 연말정산이 불만이다
이 쑤시는 것보다 급하게 커피를 뽑아온 미스 김의 이빨 사이엔
로그인해 놓은 이메일 한 통이 끼어있고

무엇엔가 묻어가거나 혹은 끼어서가는 일이
월급쟁이의 편안한 일상이라고 믿기에는
이 대리의 시계 보는 습관이
닦아내도 남는 소매의 짬뽕 흔적처럼 안쓰럽다
괭이갈매기에게는 날개를 짓누르는 바람보다도
알의 안부가 삶의 무게이듯
쌓인 결재와 짧은 점심시간이 문제가 아니라
지금은 밀린 카드대금이 더 급한 문제다

하루에도 몇 번씩 낙하하는 일상의 재를
말없이 날려보내는 온풍기
출력된 글씨들이 맥없이 구겨지기도 하는
우연한 연말
점심을 같이 먹은 동료들은
원숭이가 털을 다듬듯 상사의 흉을 다듬으며
몰래 애인에게 문자를 보내고
새로 온 메일을 열어보고
가까워진 반대편의 새해를 검색한다

먼지의 집

구두를 닦다말고
안쪽 깊숙이 손을 넣어본다
소복이 잡히는 먼지 한 움큼
햇볕이 들지 않는 산 5번지의 쪽방처럼
답답한 주소에
이삿짐 사이에 끼워 둔 카시미론 이불마냥
발새를 비집고 들어와
세월이 집을 짓고 살았나 보다

걸을 때마다 집이 흔들렸겠지
점점 빈자리가 좁아질 때는
숨이 턱턱 막혔을 거야
구두약 풀풀거리는 휘발유냄새는
코를 찔렀겠지
부비강이 심하게 부어올랐을지도 몰라

반지하 부엌방에 빨래를 널어본 사람은 알지
반나절 햇살로는 세월이 될 수 없다는 걸
어차피 세상이란 강은
부력 없이는 건널 수가 없나 봐
그래서 걸음도 저 깊은 곳에 허공을 키우는 거겠지

세상 헛짚고도 사는 것이
다 그런 건가 봐

나무의자

무주읍 내도리 앞산 등산로를 따라
올라가다 보면 잠시 쉴만한 곳에
나무의자 하나가 주저앉아 있습니다
세월이 얼마나 무거웠는지
허리 굽은 자드락길에
고주박처럼 풀썩 가라앉아 있습니다

어쩌다 찾아오는 등산객들이 아니었다면
그는 무릎 위에 손수건 한 장 얹지 못했을 것입니다

세상에 어디 세월보다 무거운 게 또 있겠습니까
그 게 바람도 앉았다가는 이유라지만
세월은 정녕 쉬었다 가는 법도 없답니다
그래서 세월이 무서운 게지요

남의 무게를 버티다
자신의 무게로 무너지는 저 나무의자도
결국 세월 어딘가에 묻히지 않겠습니까
새소리조차 차마 기대지 못하는
사그랑이 위에
누가 또 피곤을 다시 앉힐 수 있겠습니까
세월도 참 무심하지요

눈 감아버리고

술 한 잔 마시고
하늘 한 뼘 보고

술 두 잔 마시고
하늘 두 뼘 보고

하늘 다 쳐다보려고
술 몽땅 마시고

그만 눈 감아버리고

이칸장방

어디로 머리를 둘러야 할지
아랫목이 두 개인 이칸장방
대칭이 불안한 식구들의 잠에 비하면
반 토막씩 내걸린 형광등은 그나마 분배가 공평하다
태초에 집을 짓지 않았으면 별빛은 누구에게나 공평했으리

아버지가 아랫방에서 헛기침을 하신다
자냐? 하고 물어도 되는데
그냥 헛기침만 하신다
연말시험을 앞두고
부스럭거리는 건 이해하기 힘든 인수분해가 아니라
문지방 쪽으로 다리를 뻗은 동생의 한기다

미닫이문은 늘 얼굴이 창백하였으므로
너무 오래 닫아두어도 병이 된다
요강을 함께 쓰던 섣달의 추위와 같이
가로도 가고 모로도 가는
지그재그로 엇갈린 베니어판 천정
만약 그것이 해독할 수 있는 무늬였다면 쉽게 잠들지 않았으리

빨간 내복처럼 때타지 않는 밤길로
눈이 온다
날 무딘 주머니칼로 썰어낸 연필밥이
파르르 녹아버리는 화로 속에서
헝클어진 누이의 편물조각이 지지지 검은 꽃을 피운다
서로 발이 닿으면 잠시 포개 놓는 식구들의 꿈
바깥엔 더 많은 눈이 퍼붓고
눈발이 제 발자국을 총총 이어갈 때마다
땀땀이 꽃을 지우는 식구들의 버짐이 꽃보다 검다

보다 어두운 곳에 곶감을 감추시던 아버지
잠 깨지 않은 시간 속으로 벽을 쌓지만
캄캄한 벽장 속에서도 뿌리를 뻗는 고구마
하얗게 언 발을 꼭꼭 다져 넣으며
변성기를 맞은 동생의 잠꼬대를 말없이 들어주는 어머니의 베개
아귀가 뒤틀린 문짝에서는 바람이 새고
눈꼬리가 새카맣게 디 들어간 형광등은 이유 없이 애가 타고

내 병은 내가 안다고

요즘 부쩍 옆구리가 저려서 못살겠다고
의사 친구에게 전화했더니
엄살 아니냐며
정확히 어디가 아프냐고 묻는데

오른쪽 갈비 같기도 하고
아니 겨드랑이 같기도 하고
또 어깨 바로 밑인 것도 같고
만지는 곳마다
아픈 것 같기도 하고
안 아픈 것 같기도 하고
어디서 어디까지가 옆구리인지도 모르겠고

내 병은 내가 안다며
TV나 보려고
소파에 앉는데
아이고! 절리지 않은 곳이 한 곳도 없네

내 곁에 서는 나무

사랑하니까 내게 말해
난 기꺼이 네 곁에 서는 나무
널 위해 팔을 벌리지

외로워하지 마
홀로에 익숙해진 옷은 훌훌 벗어던져
지금 당신은 행복하잖아
당신의 반짝이는 눈빛을 보면 알아
지금 이 순간이 그대에게 얼마나 소중한지를

괴로워하지 마
누구나 사노라면 후회 하나쯤 달고 살지
되돌릴 수 없기에 더욱 서러운
지나가버린 날을 짐으로 여기는 건
후회 때문이야

인생의 짐은 절반이 후회
이제 어두운 과거는 잊어
미련 같은 것도 달고 살지 마
지금 당신은 행복하잖아

목련의 눈물

4월로 넘어가는 모래재 중턱
촌가시내 가랑이마냥
속살 부끄러운 골짝에
한 그루 목련이 피었습니다

곱기도 하지만
수줍은 인사가 너무 예뻐서
차마 지나치지 못하고
눈을 맞추면
형광등처럼 뽀얀 미소가 어찌 그리 눈물을 닮았는지요

맨발로 다가가
하얀 손수건 한 장 걸어주고 싶습니다

달빛에도 귀가 닳는
엷은 꽃잎으로
밤을 새다가
꼭꼭 다져놓은 사연마저 짓무른다면
그도 눈물과 함께 지지 않겠습니까

그대는 한사코
눈물이 아니래도
봄에는
아무것도 아닌 것들이
사람을 눈물나게 한답니다

*모래재 전주에서 진안 넘어가는 고개

손톱

새 것으로 바꿔야겠다고 생각만 하고서는
몇 달째 그냥 쓰고 있는 손톱깎이의 무딘 날로
감각의 한계를 깊숙이 파고들면
최근 순으로 검색된 통증들이 빨갛게 부어오른다
제 몸을 제 손으로 자르는 배반의 단두대에
단 한 방울의 피도 묻히지 않겠다는 조심스러운 처형

꽉 오므린 손금으로 싸맨 긴장이
생명선을 따라 흐르다가는 식고
소금기 대신 쏘다니는 해풍으로
청춘을 마감했다는 짤막한 연대기는
탄소로 측정되는 어느 시대의 유물로 남을까
죽은 타원형도끼의 무덤에 고드름 꽃이
하얗게 박혀있다

지문이 약하다며 여러 번 먹물을 덧칠하던
본적지 면서기에게 떠맡긴 손가락에서
흐르는 검은 하혈을 창백하게 닦아내던 휴지처럼
오래된 약속 같은 개인별주민등록표를
오늘은 서울 신길동사무소 민원실에서 꺼낸다
이전 주소지처럼 들쭉날쭉 강이 흐르고
새는 멀리 날아와 단지 견고해 보이는 성에 내려앉았다

심장에서 가장 먼 곳에 쌓아올린 성
그만큼 경계선이 멀어져 초병은 돌아와
해찰하듯 고했다 떠난 자들의 경험이
채 1세기를 넘기지 못하고 용도폐기 되는 것처럼
쌓을 때의 목적이 허물어지면 더욱 가벼워지는 운세
비어 있는 자리만이 채울 수 있다는 걸 알았을까
그래서 손톱은 오늘도 아름다운 단두대 위에
제 목숨 하나씩 얹나 보다

두부

나무젓가락으로 자르면
어긋난 표정이 마주보면서
겸연쩍게 으깨진다
두툴두툴
콩밭 가는 길처럼
거친 걸음이 스쳐지나가는 골목
방울소리를 짤랑거리는 새벽보다
먼저 뭉개지는 단백질
하루치의 양분이 자위를 뜨면
말랑한 햇살이 이른 밥상을 끌어당겨
시장기 앞에 앉는다

안팎이 하얀 건
땅 파서 먹고 사는 것들의 공통점
익을수록 더 환해지는 것도
뿌리가 손끝까지 내렸기 때문
알몸이 무르다는 걸 알기에
김치가닥보다 늦게 드러눕지만
국물보다 먼저 뜨거워지는
칼칼한 찌개 안에서
두부는 외주물집처럼 투명하게 떠 있어도
속이 꽉 찬 모도리가 된다

알몸 버드나무

가을이 가고
추억만 남는 건
아주 진한 사랑이 스쳐간 흔적이지만

빈 벤치에
이별이 홀로 남는 건
더 이상 떨어질 낙엽도 없기에

사랑은 가는 것 지나가는 것
가슴 아파도
이 계절을 견뎌야하는
나는 안개 낀 강가의 알몸 버드나무

찬바람에 밀려
저만치 떠나는 가을을
희미한 안녕으로 배웅하는
이별보다 더 쓸쓸한 알몸 비드나무

광어 생각

바다가 기우는 수족관 안에
광어 한 마리
바닥에 바짝 엎드린 채
눈만 끔뻑거리며
행인들의 눈치를 살피고 있다
움직이기엔 남은 산소가 너무 적고
밀려다니기엔 공기방울이 너무 작다

촘촘한 그물도 없고
뾰족한 낚시 바늘도 없는
얕은 바다에선 사람들의 미각이 가장 무서운 작살
그는 지금
조금이라도 더 초라해지기 위해
조금이라도 더 낮아져야 한다

떠나온 바다는
고무장갑에 쓸려간 기도들의 무덤
운명은 이미 해안선에서 몸을 적셨다
뜰채가 파닥이는 건
젖은 바람이 아직 마르지 않았기 때문
이젠 눈물도 다시 젖을 수 없다

인조의 수평선 위로는 인조의 갈매기가 난다
스텐으로 사방을 두른 사각의 바다는
언제라도 저녁상을 차릴 준비가 되어있다
생의 반이 이미 기울어진 판에
두 눈 다 남은 한쪽으로 치켜뜰 수밖에

재산이라곤 몸뚱이 하나뿐인 광어는
갇힌 바다에 살면서 눈치만 늘었다

길 위에서

어디로 가고 있는지 나도 모르게
걷고 싶다

그냥 길만 따라서
생각 없이 걷고 싶다

하염없이 걸어도
길은 멈추지 않을 테고

약속이 없으니까 목적지도 없고
자주 되돌아보며
버스를 기다릴 필요도 없겠지

그러다
누가 길을 물어오면 어쩌지

영등포의 달

신길동 새마을금고 앞 육교 위에
달이 떴다
아슴아슴한 별들이 가랑잎처럼 쓸려다니는 초저녁
나지막이 내려온 달이
불 꺼진 창들을 갸웃해보지만
자동차 헤드라이트가 너무 눈부시다
달은
과학교과서에서처럼 확실히 기우는 것일까
달리는 차들의 속도가
너무 빠르다

로터리를 돌면
백미러 속 달이 휘청거린다
교통카드를 꺼내는 할머니의
일식처럼 캄캄한 속곳 속에서
잔액이 낮은 촉수로 깜박거린다
360번 버스가 달을 싣고 간다
백미러가 크니까 딜도 크디
무겁겠지
노점상 아주머니가 파전을 뒤집는다
달이
지지지 이지러진다

바탕화면

겨울풍경을 바탕화면으로 끌어다놓았더니
책상 위에 종일 눈이 내리네
네모배기 하늘 언저리에서
차례로 다가와 사라지는 눈발

찬 풍경이 더 튼튼해지기 전에 어서 쓸어내야지
간단없이 내리는 눈을 살라먹고
저도 살아서 출렁이는 강물
그것이 퍼내어도 마르지 않는 이유였을까

세상이란 강은 참 축축도 하지
사랑도 미움도
눈물도 흐르는 것 중의 하나
강물은 일찍이 그걸 알았던 거야
젖어야 다시 젖지 않는다는 걸

그래서 흐르는 게지
젖은 몸으로 태어나
마른 몸으로 산다는 게
얼마나 푸석거리는 일이겠어

전원을 켜면 언제고 다시 내리는 눈
그러나 결코 쌓이지 않는 건
발자국이 없기 때문이야
그래서 컴퓨터는 늘 강물소리를 내지
바튼 기침소리를 적시는 게지

나도 언젠가는 눈 내리는 풍경처럼 축축이 젖고 싶어
세상 어딘가를 끊임없이 적시는
눈발이 되고 싶은 게지

바람꽃 기도 - 전주 전동성당에서

우연인 듯 만나고 싶어
당신의 이름을 조용히 불러보다가
말 걸어오는 바람 무거워
싸한 발길로 그냥 돌아왔습니다

매일 새벽, 바람이 일어나
종소리를 깨우는 줄 몰랐습니다
밤을 지샌 촛불이
바람꽃으로 피는 줄도 미처 몰랐습니다

종탑에 걸린 바람이
경기전 돌담에 기대선 바람이
새벽을 몰고 오는 사도인 것을
어찌 알겠습니까? 이 초라한 기도로

동정녀 루갈다여!
당신의 핏빛으로 밝아오는 아침이
이름 없는 기도들을 껴안고
세상을 데우고 있습니다

매일 아침, 저렇게 몸을 감추는 별들이
세상을 따뜻하게 하는 포옹인 줄 몰랐습니다
당신의 생애가
거룩한 기도인 줄도 미처 몰랐습니다

태조로를 밟고 오는 햇살이
팔달로에서 달려오는 햇살이
아침을 밀고 오는 복음인 것을
어찌 알겠습니까? 이 작은 기도로

사랑의 다리 – 전주 덕진공원에서

님이라
수줍은 달만 같아서
밤새 거짓으로만 보았는데
어느새 벙그는
천 년 학의 미소
아, 눈시려요 그대 연꽃이라면

사랑이라
고운 애인 살결인양
창포자락에 손만 살짝 적셨는데
금시 팔 벌리는
강 같은 품
푹 빠지고 말겠어요. 그대 연못에

7월이라
다리가 꽃처럼 뜨겁나 봐요
누구라도 연인이 되어
손을 잡고 걸으면
금시 뜨거워지는 걸음
건너고 싶어요 사랑의 다리

아는가요
맑고 푸른 덕진의 합창
그대 살짝이 오세요
7월은 사랑을 잇는 다리랍니다

담배꽁초

마지막 입맞춤이
긴 들숨으로 차오를 때
그때 재가 되지 못한 자잘한 이유들

노을

노을이
자꾸 휘어진다

노을은
세상이 둥글다는 걸
하루를 다 살고 난 뒤에야 알았을까

노을이 자꾸 휘어 보인다
내 눈에도

강물

새벽, 현재시각은 정확하지 않다
힘이 울퉁불퉁 불거진 둑길
눈 비비는 가로등 주변에만
기웃거림이 자욱하다
휘젓는 팔뚝보다 반팔 티셔츠가 더 씩씩한 사람들
도대체 저들은 어젯밤 몇 시에 잠든 것일까
간판 불을 끄지 않은 술집에선
아직도 술을 팔고 있을까
밤새 안부가 궁금하다

출렁, 현재 속도는 정확하지 않다
등쌀에 떠밀리는 물살
생김새 하나 없이 강을 건너는 바람
물과 물 사이에는 왜 바람이 없을까
지느러미를 긁적이는 붕어들
부력에 방사 당하는 소문
저러다가 잡어들이 모여들면 어쩌지
지난여름 만난 각시붕어는
지금도 뽀뽀만 하고 있을까
그들의 사랑이 궁금하다

아직, 알 수 없다
세상에 내리는 아픔이
끝내는 물처럼 흘러가는 것인지
꿈이 선명하지 못해 설친 잠을
쓸고 가는 것이 아침인 것을
지난밤 샘물에 발 씻고 묵묵히 떠난 바람도
결국은 세월 따라 흐르는 것을
푸우푸우 가슴에 찬물을 끼얹던 밤이
청춘을 식히는 정갈한 의식이었다는 것을
강물은 알고 있는지 나는 궁금하다.

은행나무 등불 – 전주향교에서

어디든 멀쩍한 곳으로 편지를 보내고 싶습니다
반드시 답장이 올 것만 같아

저녁노을 앞에서 붉게 타는 표정 뒤집어 보이고 싶습니다
왠지 부끄럼이 가실 것만 같아

소슬하기 짝이 없는
외주머니 10월은 이렇게 기도로만 차오릅니다

이럴 땐 여름날의 인사를 닦으며
남은 햇살과 함께 일월문에 드는 것도 좋을듯합니다

600년 화석이 되어 은행나무 등불을 밝히는
풍패의 쉼터가 너무도 창연하지 않습니까

명륜당 앞마당을 가만가만 걷다보면
애오라지 옛사랑이 다가와 등 두드릴지 누가 압니까

우수수 떨어지는 낙엽처럼
우르르 달려간 세월이건만

한 뼘 색도 바래지 않고
한 치 키도 세우지 않는

저 의연한 선비의 미소를
약속이라 부르고 싶습니다

이 가을엔 그런 영원한 약속
가슴 깊이 간직하고픈 사랑
그래서 낙엽처럼 낮은 곳에 자리를 잡는
그런 사랑을 만났으면 좋겠습니다

파도

저 바다 건너
섬으로 가야지

출렁임도 눈부신
바위에 닿아

삐리리 삐리리
입피리 쪼아대면

이 몸도
한 번은 섬이 되겠지

찬란하게 부서지는

구시포 갈매기

구시포 갈매기는
세월을 세면서 산다
조금사리 그믐사리
횟집 아줌마처럼
물때만 세면서 산다

구시포 횟집 달력은
바다가 찾아와 넘긴다
빼곡히 적힌 외상값도
물때가 찾아와 갚고 간다

한 살 두 살
세월도 닳다보면
속살이 들여다보일까
구시포 갈매기는 자연산 장어처럼
나이만 세면서 자란다

목련은 지고 있었다

햇빛 여린 창가에 앉아
한마디 수식어를 찾던
어느 문학소녀가
봄이란 단어 앞에 우두커니 서 있는
고독이란 입자를 발견했을 때
목련은 지고 있었다

설계도와 관계없는
울안의 장식을
고민하던
어느 목수가
벌물 같은 견적으로 공터를 채웠을 때
목련은 이미 지고 있었다

사랑이란
제철을 만나면 더욱
절실해지지만
때론 절실하기에
휴지처럼
마구 구겨지기도 하는 것

풍경 하나로 뜨거워지고
풍경 때문에 시들해지는
가벼운 봄날
사랑밖에 모르는 목련은
벌써
사랑의 무게로 뚝뚝 지고 있었다

창밖의 이별

사랑은 비 오는 날
내게로 왔다

남쪽 창가에 와서는
화장을 지우듯
쌓인 먼지를 닦으며
또르륵 기억 밖으로 굴러 내렸다

창문을 열어두었다면
후두둑
그가 저장키를 누르고 갔을지도 모른다

그러면
붉은 자수가 부끄러운 베개
거친 숨소리가 쟁쟁했던 젊은 날의 초상과
수없이 썼다 지운 이름들이
뽀드득 기억에서 사라졌겠지

그리운 것은
비가 창 밖에서 내리는 이유

창문을 닫으면 이별이 풍경이 되지만
창문을 열면 지나간 약속이
저장하지 않은 오르가즘이
출렁출렁 흐르는 강물이 된다

하얀 밤

돌아눕는다
자세를 잃고 뒤틀리는 편안함
내게 베개 없이도 잠 잘 자던 시절이 있었던가
자갈처럼 배기는 기침을 끌고
취기에 와 덮이는 하루

꿈꾸기 시작한 뒤로
취하지 않고는 잠들지 못했다
다시 봄이 온 뒤로
떠난 자들의 꿈만 더 깊어
허리가 잔뜩 굽어버린 잠

술이 깨면 잠이 깨고
잠이 깨면 술이 깼다
밤마다
첨벙거리며 다가서는 어둠
잘 씻긴 고독

맨 가슴으로 다가와
빈 바람소리에 관통 당하는
소모의 밤
아! 나는 봄을 타는가

코스모스

엽서들이 달려온다
화장기 없는 얼굴로

언젠가
내 청춘의 목록 속에서
사라졌던 사연들이
고개를 흔들며 일제히 다가온다

사람이 그리웠겠지
사랑이 그리웠겠지

수만 장의 입술에
머무는 햇살이
너무 늦은 답장은 아니었는지

맨 처음 세수를 한 꽃잎은
벌써
빈 하늘에 입을 맞추고

해찰

사우나에서 흘린 땀을
해장국물로 보충하는 동안
허기가 숟가락에 속도를 얹는 동안

새우젓 같은 짠 것들이
젓가락에 매달려 식은땀을
뚝뚝 흘리는 동안

곁눈질로 조간신문 헤드라인을 읽는 건 해찰이다

한 눈 팔고 사니까
늘 허기진 것이다

당신의 집 앞을 지나쳤습니다

풀밭에 쓰러지는 바람처럼 그렇게 지나칩니다.
밤을 새워 달려왔지만
그리운 기색도 없이 기차는 그대 집 앞을 그냥 지나칩니다

하얀 감자꽃이 피고 있었지요
칙칙폭폭 칙칙폭폭.
기차가 바튼 기침소리를 내자
꽃들이 푸른 모가지를 자꾸 흔들어댑니다
어디 쪽으로 누워야 할지 방향을 잃어버린 듯합니다

기차소리가 뭉개버린 외딴 마을의 새벽
하늘이 문득 서러워집니다
당신과 가장 가까운 거리를 지났는데도 오히려 가슴이 더 허전합니다

나는 당신이 새벽잠에서 깨어나
나처럼 내 생각에 빠져주길 바랐던 적이 있습니다

기차는 떠나가는 자들의 추억이라지만
난 떠나간 자가 남긴 그리움으로 남았습니다

당신이 잠든 사이 몰래 준비했다 새벽에 입을 버는 나팔꽃처럼
나는 아주 수줍은 새벽에 당신의 집 앞을 지나쳤습니다

하늘그리기

하늘 하나 그리려면
먼 산언저리와
끝이 보이는 바다
그리고 구름 한 점 있어야하네

사람 사는 세상을 색칠하려면
무지개처럼 예쁜 크레파스와
가을 같은 도화지
그리고 바람처럼 흘러간 추억 하나 있어야하네

뭉개지는 하늘 바라보려면
나그네 하나 걸어가야 하고
나그네가 쳐다볼
하늘 하나 따로 있어야하네

바람도 불지 않고
나그네도 떠나버린 날
무지개를 다시 만나기 위해선
비껴 앉을 하늘 하나
또 저만치 그려 놓아야하네

그 여자의 창

어느 날 입맞춤해버린 여자
아주 쪼그만 여자
그 여자가 기대고 있던 남쪽 유리창에
지금 비가 내리네

그 여자의 창 밖에도 비가 내릴까
약속도 없고
연락도 없는
단 한 번의 허락을
빗물은 닦아내고 있을까

동시 한 줄 같은 여자
눈송이만 한 그 여자
습자지 같았던 그녀의 입술이
창가에서 젖고 있네

짧은 포옹 사이에 끼워놓았던
여린 속삭임이
그녀의 입김이
오늘은 알갱이 되어 하염없이 흘러내리네

봄바람

봄소식이라며 신문이 서둘러 사진을 실었다
늘 소문이 먼저다

겨울잠에서 깨어난 두꺼비 두 마리
두꺼비부부의 사랑이란 설명이 선명하지만
그러기엔 수놈의 숨소리가 너무 여리다
하기야 수컷이 강해야한다는 것도 사랑에 대한 편견일 게다

입김도 바람이라면
지금은 숨죽인다 해도 상관없다

처음엔 엷은 숨소리로 다가와
서로 어루만지지만
끝내 일을 내고야 마는 게 봄바람이다

초인종이 울린다고 함부로 문 열지 마라
배달부도 이때쯤이면 종아리에 힘이 불거지기 마련이니까

단단한 약속처럼
어김없이 찾아오는 꽃샘추위도
염치도 체면도
마저 녹여버리는 게 봄바람이다

거나한 후회

거나하게 술을 마신 밤에는
자전거를 처음 탔을 때처럼
삐딱하게 몸을 굽혀야 균형이 맞는
그 어설픈 이동의 습관 때문에
코트에서 상처가 잡초처럼 돋곤 했다
몇 개의 골목을 돌고 몇 개의 계단을 세는 동안
무게중심이 동창회로부터 걸려온 휴대폰에서 마구 흔들리다가
3번 입구 계단을 내려와 3분간 열차를 기다리는 동안
누구와 통화했는지 기억이 감감해질 때쯤이면
어김없이 막차가 왔다

집으로 돌아온 것은 코트 혼자였다
관성 때문인지 무릎이며 팔꿈치는 잠을 자면서도 자꾸 구부러져
옷걸이가 헐렁해질 때마다
잠꼬대처럼 허공을 반으로 접곤 했다
어둠에 절인 상처는 자도 자도 딱지가 가시지 않아
물수건으로 문지르고 또 문질러 봐도 기억이 나지 않아
숙취 가득한 상처에서 봄이 온다고
시린 아랫도리를 가리고 또 가려보지만
다시 씩씩해지는 건 거나한 후회뿐이었다

외출

밖은 안의 반대편이 아니라
안으로 기우는 바람

바람을 퍼 담는
간판 앞에서
걸음을 돌리는 아내
집에 가 삼겹살이나 굽잔다

내가 쩔렁거릴 것은 꽃잎뿐
늘 투명하게 뛰쳐나가는
막내딸의 웃음소리는 풍경일 뿐

우르르 몰려다니는 추위가
더욱 쓸쓸한 주말
바깥도 지금 외출 중인가 보다

골목길에서

무성한 네온 빛이
피곤해 쓰러지는 담장

오래된 수첩을 뒤적이다 발견한 약속처럼
희미하게 펄럭이는 포장마차

귀를 막고 서 있는 가로등을 싸고
하루살이의 끝없는 속닥거림

성사되지 않는
무수한 강간이 즐비하게 도사린 골목

지난번처럼 옆집 개들의 침묵과
우리들의 은밀한 포옹이…

쓸쓸함과 팔짱을 끼고
날벌레처럼 입구를 찾아
주저앉는 바람

습기 찬 하루를 털어내고 싶다

새우젓

쇠갈퀴를 저을 때마다
등 굽은 바다 하나가 끌려나온다
살아서는 펴보지 못한 허리
포개지는 척추 마디마디
왕소금이 서걱거린다

튼튼하다고 믿었던
갑옷과 살 사이에도
곰삭은 웃국 한 줌 퍼 얹자
국밥에 간이나 맞춰볼까?
노랗게 피어오르던 콩나물
숨죽이며 돌아눕는다

어차피 생애 마지막 만찬은
발효라는 걸 알고 있다
구부정하게 살아온 날들
해 끓는 포구가 보고 싶어
동강난 더듬이로 더듬더듬 하지만
언제나 교신불능
푹 삭았는데요

아직도 사랑

석양빛 젖은 빌딩에 네온이 눈을 뜨면
어제 같은 오늘이 또다시 밤을 맞는데
어디에다 걸음을 놓을까 홀로 걷는 나
어두운 골목은 도시의 그늘
내가 걸어온 길
꿈도 사랑도 그 길에 묻었네 떠난 님의 흔적도
상처 많은 이 길을 다시 걷는 이유는 아직도 사랑
아무리 기울어진 세상이라도
똑바로 걷기
비틀대지 않기

달빛은 숨어 거리에 그림자 희미해지면
어제 같은 밤이 또다시 불을 켜는데
누구에게 전화를 걸까 혼자 있는 나
쓸쓸한 시간을 스치는 고독
내가 보낸 세월
돈도 명예도 그 세월에 묻었네 화려했던 시설도
후회뿐인 그때를 다시 떠올리는 이유는 아직도 사랑
아무리 캄캄한 세상이라도
똑바로 걷기
비틀대지 않기

강

풍경의 끝자락만
사뿐사뿐
저 가벼운 걸음을 보라

서러움 그리움 다
휘어이 휘어이
저 가벼운 봇짐을 보라

흘러 흘러
논밭을 만들고 마을을 만드는
저 넉넉한 인심을 보라

영등포로터리

멀리 신호등이 바뀌면
브레이크에 얹었던 종아리의 근육을
슬그머니 풀어도 보지만
무릎을 들기에는 아직 앞차의 움직임이 더디고

김밥 한 입 우유 한 모금
벌써 몇 번째 밥알을 흘리고
이 길은 도대체 어디가 어떻게 아픈 것일까
청진기 음이 시끄럽겠지
위에서 대장에서
시금치는 시금치대로 당근은 당근대로
서울교 옆으로 빠져나가면 곧바로 노들길
십이지장을 지나 가로창자에 이르면
길이 한층 넓어지려나

수산시장 뒷길 사정은 어쩐지 모르겠네
요즘 아랫배가 슬슬 아프던데
혹시 공사 중은 아닐는지
40대 대장암이 부쩍 늘었다는데

포장마차

노량진역 앞 육교를 멀리서 스마트폰으로
'찰칵'
풍경으로 담아보면
알록달록 포장마차들이
육교를 떠받치고 있는 것처럼 보인다

삐거덕거리던 바퀴에
라면가닥 같은 실뿌리들이
통통 부어서
어느새 장딴지가 튼튼해진 것일까

마차는
거리를 힘겹게 구르던 낡은 마차는
밤마다 어둠을 퍼다가
다리 밑에 붓더니
제 목숨 하나씩 접붙였나 보다

잡담이 되는 사람들의 끼니
간절한 시장기가 사라지고 나면
골목에서 멀어진 행인들은 어디로 가나
함부로 발 걸지 않으려고
마차는 저렇게 육교를 떠받들고 섰나 보다
무게가 넘치는 몸집에
바퀴는 덜어내야 할 짐이었겠지
움직이지 않아도 마차라고 불리기는 마찬가지
잊어버리고 싶은 날은 제발 굴러가버렸으면
노량진 포장마차는 낯 뜨거워
날이 새도록 저렇게
뜨거운 튀김옷을 둘러쓰고 있나 보다

민들레 구두

버리려는 구두 한 켤레
높이 치켜들고 바닥을 살펴본다
처음으로 올려다본 구두 바닥
낮은 곳에 귀를 대고 사는 민들레처럼
버짐꽃이 납작하게 피었구나

바닥으로만 바닥으로만
기다가
끝내는 기형으로 닳아버린 뒤꿈치
마주보는 두 운명이 문득 서럽다
앞서거니 뒤서거니 참 오래도 함께 걸었을
질긴 인연

같이 닳아빠질 운명이라서
서로에게 그토록 질겼던 것일까
젖어도 같이 젖고
시려도 같이 시렸던
좌우향우
삶이 다 길이었기에 길도 삶이 되는가

재활용함 앞에서
나는 오늘 한 이별을 묶는다
여분의 끈으로
여분의 생을 동여맨다
어디로 가야할 길일지는 몰라도
또 함께 가라고
걸어온 길을 다 풀어서 이별을 꽁꽁 동여맨다

안경

잃어버린 안경을 찾다보면
시력보다도 기억력이 문제라는 걸 알게 됩니다
그래서 가끔 안경집에 들러
기억력을 점검하곤 하지요

안경사는 나보고 오른쪽 눈은 좋답니다
왼쪽 눈이 나쁘다는 말을 그렇게 한 것이겠지요
자세히 보지 않고
멀리만 보고 살 테니까
한쪽 눈쯤 잘 안 보여도 괜찮을 것 같다고 그랬죠

그랬더니 장님이 혼자 방에 있어도 불을 켜는 건
자신을 위해서가 아니라 찾아오는 사람을 위해서라고 하더군요
기억력도 시력처럼 한계가 있다면서

왼쪽 도수를 당장 돋궈달라고 했습니다
그랬더니 한쪽 도수를 갑자기 올리면 세상이 어지럽게 보인다네요
한 번에 되는 일이 없다니까요

앞으로도 한참은 어쩔 수 없이 실수하고 살 것 같습니다
누군가의 흉이나 보지 않고 살았으면 좋겠습니다

봄날의 노래

강가를 걷다가
그냥 곡조도 없이 흥얼대는 콧노래가
물살에 쓰러지는 바람처럼
아무도 듣는 이 없이
부끄럽게 부서지걸랑
그것이 당신에게 보내는 시린 봄날의 노래인 줄 아시오

가을역

저무는 10월은
지금 빈 주소를 향해
떠나갑니다
가을역을 지나

차창엔 비가 내리고
덜 마른 나뭇잎까지
바람에 날려
축축한 가슴마저
다시 젖는데

어딘지도 모르고
길만 따라서
기차는 달려갑니다
내리지도 못하고
문 앞에서 서성이는 청춘

잊은 적 없는 그대
저만치서 젖어드는 그리움
뒤척이는 창가의 얼굴

아픈 게 추억인가 봐요
멍만 남은 사랑을 싣고
기차는 떠나갑니다
가을역을 지나

코스모스 길

가을과 한강 사이에 걸린
둔치를 따라
휴일 오후를 끼고
혼자 걸었습니다

지나가는 계절만큼
길도 기울어
걸음이 비스듬히 기우는
코스모스 길

젊은 날
도망치던 골목도 저리 기울어
비척대며 걷던 날들이 있었지요
가을날에

바람도 없는데
코스모스가 저렇게 흔들리는 것도
수런대며 달려온 여름이 있는 이유겠지요
출렁이는 강물처럼

상품권 한 장

손바닥을 간질이는 상품권 한 장
그만큼 기대가 살아서 꿈틀거리는
호주머니

양복점 골목을 돌아
구둣가게 앞을 지날 때
비늘처럼 빛나는 네온
"은하수를 살려고요?"

아내의 핸드백을 생각해 내면서
뭔가 만져지는 행복에
시려도 좋은 발목

혼자 먹는 라면

후루룩 후루룩
세상에 태어나 라면을 처음 먹을 때
그때 버릇 그대로
뜨거운 세상 몰아서도 젓고 휘어서도 젓고

가끔은 건더기보다 국물이 더 절실할 때가 있어
살다보니 인생 뭐 별 거 없더라는
술 취한 선배의 이야기를 흘려들었던 것처럼
오늘도 뜨거운 줄 뻔히 알면서도
덴 자국이 확실한 냄비에 다시 입술을 갖다 댄다

젓가락은 그물보다 더 깊게 담가야
가라앉은 건더기가 딸려 오고
냄비는 지구보다 훨씬 많이 기울여야
남은 국물이 고인다는 걸 안다

바닥이 반쯤 들어날 때까지 냄비를 기울이면
젓가락을 서로 가져다 대던 형제들의 얼굴이 희뿌옇게 드러나고
부딪혀 빛나는 쇠처럼
푸른 허기는 반짝이는 댓잎 되어
어린 바람을 휘휘 저으며 숲으로 간다

꾸불꾸불 휘어지고 굽어서
지금은 이력으로 남은 길
비좁은 봉지 안에 몸을 구겨 넣은 사리가 그렇듯
길도 뜨거워지면 드러눕는다는 걸
왜 몰랐을까
인생 별 거 아니라는 말을 왜 흘려들었을까

후루룩 후루룩
혼자 라면을 먹는데
발그레 물들어가는 나무젓가락의 하체가
내 청춘의 밑동 같아서 문득 서럽다

나무는 술친구

내가 심은 아기나무 한 그루
자라서 어른이 되면
마주 서서
소주 한 잔 마실 수 있을까

그동안 살면서
누가 심은 나무인지도 모르는
커다란 그늘 밑에서
참 많이도 마셨지

이제 내 나무 한 그루 심고 싶어
마주보며 크는 친구
발 걸기도 해보고 말 걸기도 해보고
울고 싶으면 기대도 보는
그런 친구

나무도 내 키만큼 자라면
소주맛을 알까
바람 불어도 끄떡하지 않고
취해도 비틀대지 않는
나무도 장딴지가 굵어지면
누군가에게 술 한 잔 권할 수 있을까

술

잊어야 할 것이 많은 밤
사랑과 번민
그 어색한 사이에
끼워 넣기 가장 좋은 외마디는
'술'
밖에 없다

함바

트럭 몇 대
마당에서 시동을 끄고 사람들은 방안에
시끄럽게 앉는다
주문이 주방까지
시장기를 알리러 간 사이
식탁 귀퉁이에서
상표로 약한 허리를 감싸고 서 있던 막걸리병
흔들린다
늦은 기차가 떠난 뒤
간이역에 남은 바람도 허리가 저리 시렸을까
가라앉은 고단은 흔들어도 흔들어도
고달프겠지

얇은 추위를 뚫고나간 바깥이
늘 안으로 고함을 질러대거나
베니어판에 달라붙은 외상값이
허구한 날 덧칠을 해대는 건
포한이 넘쳐서 그럴 거야
밥이 포한이 되어
포한이 밥이 되어
굴삭기가 울면 방바닥도 덩달아 칭얼대는 밥집
장판으로 둘러씌운 식탁은 닦아내도 닦아내도
서글프겠지

거품 꽃

식탁 위에 빈 맥주깡통
아내는 가끔 집에서도 술을 마시는 모양이다
목이 말랐을까
담겨온 종이박스에 고스란히 제 뼈를 반납하는
통닭은 더 목이 탔을 것이다

원통을 돌돌 말아 올린 손금 사이로
친절한 꼭지에 손잡이까지
깡통도 출구를 알려주고 싶었던 거다
아픔을 삭여두면 거품이 된다는 걸
과산화수소가 상처를 핥을 때도 그랬다

뛰쳐나가고 싶은 건
거품이 아니라 알코올이라는 걸
깡통은 꼭 말하고 싶었을 것이다
수직으로도 얼마든지 비울 수 있다는
차마 그런 말을

압력에 관한 한 언제나 안쪽이었던 아내도
보았을까 활짝 피었다가 지는 꽃
꽃도 한 때는 바깥으로부터 눌려있었다
밤늦게 맥주를 찾는 걸 보면
아내에게도 필시 꾹꾹 눌러둔 뭔가가 있나 보다

노장의 귀환

신길동 공군회관 뒤
능소화가 피었다 진 골목에
오늘은 눈이 뚝뚝 지고 있다 벌써 겨울이라고
견장 뗀 나무의 허무한 어깨 위에서
다시 물이 되는 눈의 귀환
하늘은 무너질 만큼 흐리다

골목은 여러 번 고친 흔적으로
몸살도 사소함이 돼버린 지 오래
버려진 화분 가득 눈이
목화처럼 피어올라
올려다보는 계단이 한층 부드러워지면
그리운 노장은 귀환하고 싶어져

하얀 골목을 붕대처럼 두른 성애병원
배달된 꼬리곰탕 속으로 투하를 거듭하는 깍두기
언뜻언뜻 비치는 알몸이
떼어낸 계급장 같지만
재활치료실에서 돌아오는 노장의 발걸음엔 구령이 없다
온몸으로 보조를 부축하는 가냘픈 귀환

헐렁해진 구멍에 또다시 쇠못을 박고
더 무거워진 생계로 목을 맨 차림표에서
버려진 메뉴는 상처가 밀어올린 훈장
머리맡에 내건 새 달력에
설익은 눈이 다시 쓸쓸하게 내리면
그리운 노장의 귀환은 또 늦어지고